AF218599

TOMO I: TIERRA

«Relatos Breves
para
Reflexionar»

Tomo I: Tierra. Relatos Breves para Reflexionar
© José G. Marín
© Editfuss, S.L.
c/Arroyo de Pozuelo, 109 • 28023 Madrid

Diseño editorial: Esstudio Ediciones
Primera edición: mayo, 2024
ISBN: 978-84-19781-80-2
Depósito Legal: M-13904-2024
Maquetación y preimpresión: Esstudio Ediciones
Imprime: DSIG, S.L.

El papel utilizado para la impresión de este libro no daña el medioambiente, por lo que está considerado como papel ecológico.

JOSÉ G. MARÍN

• • • •

TOMO I: TIERRA

«Relatos Breves
para
Reflexionar»

ensayo

esstudio
ediciones

A la Madre Naturaleza

Índice

Introducción

Te presentamos el TOMO I: TIERRA, de los cuatro que componen la serie de *Relatos Breves: Tierra, Aire, Fuego, Agua*.

Son 44 relatos cortos, divididos en cuatro pequeños tomos, con 11 relatos cada uno.

Los relatos versan sobre temas diversos, con el denominador común de explorar aspectos profundos del ser humano, que nos diviertan, nos evoquen emociones y sentimientos, y nos hagan reflexionar.

Luces y sombras en las experiencias de seres animados o inanimados. Siempre con alguna sorpresa y una pincelada de esperanza.

1

Encuentro con la Madre Tierra: «Pachamama»

Hace ya muchos años de la historia que voy a contaros. Vivía en las montañas, en una casa de adobe que construyó mi abuelo con sus propias manos, y con la ayuda de otros compañeros de la comunidad. Era muy normal dedicar una parte de nuestro tiempo a ayudar a otros a cultivar sus parcelas, cuando estaban enfermos, o a construir la nueva casa cuando decidían compartir su vida con su pareja.

Un día, mi vida cambió. Tenía unos 17 años. Aunque no estoy muy seguro, porque son pocos los que recuerdan su año de nacimiento, ya que en nuestra comunidad no tiene mucha importancia. Para nosotros, el tiempo no es tan lineal, sino que nos guiamos por los ciclos de la luna y de las estaciones, como un tiempo circular. La mayor parte sí recuerda si nacieron en época seca o de lluvias, en la época de siembra o de cosecha. Posteriormente, cuando pude estudiar en la ciudad, supe la diferencia que eso conlleva en la forma de concebir la vida.

Ese día que me transformó caminaba de noche, de regreso de casa de mi tío abuelo, «El Sabio».

Don Heriberto era reconocido como uno de los «abuelos» de la comarca. Me enseñó, desde mi infancia, muchas cosas acerca de la vida y del culto a la Pachamama y a los ancestros. Aprendí que «todo está interconectado» como un «Todo». Me instruyó en cómo vivir con respeto a la naturaleza, al planeta y a todos los seres vivos.

Me decía con frecuencia que el planeta nos acoge con cariño. Nos presta su agua y sus frutos. Que no somos propietarios de nuestras parcelas. Más bien son prestadas por la Madre Tierra para que las cuidemos y aprovechemos, sin explotarlas de forma absurda. Nadie es dueño de un trozo de tierra ni de cualquier construcción que haya encima. Al contrario, somos huéspedes de esa tierra que nos acoge. Invitados, respetuosos de lo que no es nuestro.

Era una noche oscura de luna nueva que se iluminaba con frecuentes relámpagos. Con mi sombrero y mi poncho, intenté protegerme como pude de la fuerte lluvia.

Caminé deprisa por una vereda que serpenteaba por las colinas. Algunos árboles centenarios se asomaban, como protectores, imperturbables, a los lados del camino.

Yo estaba acostumbrado a estas tormentas eléctricas y me encantaba seguir los rayos, desde el choque entre nubes hasta caer sobre la tierra. Líneas de luz intensa que penetran en la oscuridad y rasgan el cielo.

De repente, algo me atrajo y miré a un olmo cercano. Y ¡plas!, todo se iluminó, como un estallido de sol. Solo recuerdo que cerré los ojos por el dolor de una luz tan intensa y que algo me lanzó y «salí volando» a unos cuantos metros, hasta recibir un terrible golpe contra la tierra.

Mi siguiente recuerdo es el frescor de unos trapos mojados en agua fría que alguien había puesto en mis ojos, y muchos escalofríos y dolores que recorrían mi cuerpo. Intenté moverme, pero no pude. Una voz femenina me susurró al oído: «Julián, no te muevas. Vas a estar bien. Te estamos cuidando para que te recuperes pronto». Y me sostuvo la cabeza, con suavidad, para darme de beber un agua que me supo como el mejor manjar. Después, una infusión un poco amarga.

—Bebe poco a poco, lo más que puedas —me insistió.

Cerca, varias personas murmuraban algo que no alcanzaba a escuchar. Parecía un grupo grande.

Creo que me volví a dormir, porque don Heriberto pronunció mi nombre mientras movía mi hombro para despertarme.

—Amigo Julián —me dijo suave y lento—. Hoy es un gran día para ti y para nuestro pueblo.

»¡Has sobrevivido al rayo!

»¡Has muerto y renacido!

»Pachamama te ha elegido como «Callawalla», sanador itinerante.

Intenté responder pero él puso con suavidad sus dedos sobre mi boca.

—Escucha, hijo —continuó emocionado—. Desde hoy tienes una misión: ayudar y sanar a cualquier persona que lo necesite y te encuentres en tu camino. Tienes el don de la clarividencia y de la sanación. Para nuestro pueblo eres un «Hijo elegido». Lo que te he enseñado desde que eras pequeño te servirá mucho ahora. Mañana intentarás ponerte de pie y caminar. Ahora descansa y siente gratitud, como te he enseñado.

Poco a poco entendí que fui golpeado por un rayo cercano al olmo y había estado varios días inconsciente. Yo sabía lo que significaba eso en nuestra tradición. Sobrevivir al rayo me convertía en chamán.

Después de unos días me sentí completamente recuperado. Muchas personas de los alrededores, vinieron a felicitarme como «Hombre medicina» y a desearme un «Gran Camino».

A lo largo de los años pasaron muchas personas frente a mí. Enfermos, personas que me pedían consejo o solo escucha. Mujeres dando a luz, moribundos que necesitaban las últimas instrucciones para dejar este planeta, jóvenes que deseaban saber más acerca de la vida.

Me sentía orgulloso de mi vida.

Hoy se cumplían varias décadas de aniversario del día que «un rayo me bendijo». Era el día indicado para hacer una «Ceremonia de Agradecimiento a la Tierra».

Sin prisa, esperé a que llegaran personas que procedían de diferentes comunidades, a veces muy distantes.

Cuando el sol había bajado, ya cerca del horizonte, inicié con el sonido de la caracola gigante. La hice sonar con la fuerza de mi aliento, y con lentitud, giré sobre mis pies hacia los cuatro signos cardinales para hacer «el llamado a lo sagrado». Después, soplé hacia el cielo y hacia la tierra. La última dirección, la séptima, cada uno debía encontrarla en su corazón.

Mi poncho, de tonos rojos y amarillos, extendido en el suelo a modo de altar. Encima de él, algunas piedras, caracolas, mi báculo y otros objetos rituales.

Una brisa fría y suave acariciaba los rostros. Diferentes plantas olorosas desprendían su aroma en las brasas de una pequeña hoguera.

Los cánticos de don Heriberto rompieron el silencio y despertaron la conexión interna y el misterio. Conjuros de voces moduladas, acompañadas de instrumentos artesanales de viento y tambores de piel de cabra. Fueron diseñados, hace generaciones, para guiarnos hacia un diálogo con el corazón de la tierra.

Me pareció que la «Pachamama» respondió al llamado y abrió sus brazos a la magia. Me encontré una vez más con ella. Sentí al planeta y a la humanidad unidos, en un estado vivo y consciente.

Por fin entendí a qué se refería don Heriberto cuando decía: «Todo está interconectado, en la olas de la energía universal, en una maravillosa danza cósmica».

Luego, sobrevino el silencio.

2

Palabras, amigas mías

Palabras caprichosas se entrelazan, se acomodan entre ellas, y encuentran su lugar en el párrafo.

Listas para darle ojos a tu imaginación. Para prestarte oídos y olores. Para ver con los ojos cerrados. Para abrir tu corazón a sensaciones y sentimientos evocados por ellas. Las palabras, juguetonas, se toman de la mano y caminan en silencio o en frases sonoras. Vivas y creativas, perfilando expresiones.

En el torno del escritor, como alfarero del lenguaje, las palabras se moldean, en formas deliberadas, llenas de contenidos. A veces describen, o evocan, o bien solo inspiran belleza.

Palabras con vocación de artistas, con trazos largos, redondeados o afilados. Un milagro del negro sobre blanco que despierta pasiones, alegrías, miedos y amores.

¡Que magia, amigas mías!

Si os leo en silencio, me lanzáis al mundo de las emociones y de la fantasía. Y, si me atrevo a prestar mis cuerdas vocales y hacerlas vibrar al son de letras y sílabas, surgen palabras sonoras y elocuentes que insinúan u ocultan mensajes.

Manchas negras en el papel se convierten en vibraciones, y llenan el espacio de significado. Resuenan en el aire, provocan milagros de sensaciones y explotan en sentimientos.

—Dejad que os pregunte algo, ¿de dónde procedéis, amigas mías?

—¡Sígueme! —me responden todas a la vez—. Permite que tu mente y tu corazón se dirijan al lugar más profundo de ti mismo.

»Allí nacemos, en manantiales sin tiempo. Brotes del silencio eterno, como gotas benditas de tu alma sedienta.

»En el fondo de tu ser, de pronto, brillamos. Un resplandor suave en las tinieblas. Pero debes estar muy atento, porque, a veces, solo nos asomamos una vez y después desaparecemos para siempre. Como una estrella fugaz, con el único deseo de aterrizar en un texto.

»Aunque a las palabras no nos gusta el término texto. Nos parece demasiado serio y aburrido. Preferimos ser parte de un pasaje, una obra, un cuento, un relato, un poema, una novela o un libro.

Allí, dentro de mí y del firmamento, las palabras, como niños pequeños inquietos, me tiran de la gabardina para llamar mi atención. Me giro hacia ellas. Oigo su llamado interno y, con humildad, las dejo ser libres.

Adiós, o más bien, hasta luego, amigas mías.

3

¿Qué quieres crear?

Rodeado de robles destaca un montículo de piedras de granito que domina el valle. Una base de roca, aplanada por el rigor de la lluvia, el viento y el paso del tiempo.

Abajo, colinas cada vez más suaves. Como si quisieran aplanarse para dejar ver la planicie verde. A lo lejos, prados para ganado, huertas de hortalizas y campos de frutales.

Mas allá, un tesoro. Una reserva de agua, un lago. Mi vista ya no distingue sus orillas, pero imagino que está rodeada de álamos y gorjeos de pájaros.

Estoy sentado sobre la base de piedra, con la espalda recta y las piernas cruzadas y mis brazos manos apoyadas en el regazo. Relajo y suelto el cuerpo y la mente en meditación.

Antes de cerrar los ojos, la última imagen que veo son los tres cipreses que despuntan en el horizonte. Recurro a esa habilidad única del ser humano, la imaginación. Es momento de visualizar, de ver mi deseo claro, mi sueño bien definido, como si ya estuviera logrado.

Busco adentro lo que ya existe en otra dimensión de la realidad. Me veo a mí mismo dentro de mi película. Yo soy el guionista, el productor, el director y también el protagonista de esa película de mi imaginación que se proyecta dentro de mi mente.

Ya estoy dentro de mi escena. Me imagino en mi nueva casa de campo. Evoco el sentimiento de alegría, y la sensación de éxito porque mi sueño está ya realizado.

Estoy cerca de un río y un manantial. Con un huerto orgánico de muchos frutos y hortalizas.

Un césped sombreado por grandes castaños. Higueras cargadas de frutos. Ramas de limoneros inclinadas por el peso amarillo. Flor de azahar cada luna llena. Verdes de pimientos y pepinos. Tonos de rojos en tomates, cerezas y frambuesas. Anaranjadas mandarinas y caquis, calabazas y zanahorias. Berenjenas púrpuras.

En la garganta, ruge el río. Envuelve con fuerza las pierdas grises y blancas. Espolvorea gotas de agua en las plantas silvestres de sus orillas. Oigo al río, no sé si son gritos o sus carcajadas. Parece que disfruta de su velocidad, cada vez mayor, en su descenso.

Creo que está ansioso de llegar al valle y desembocar en el plácido lago, y tocar a las garzas blancas.

Un porche amplio que domina sobre el verde del jardín. Lugar ideal para todo. Charlar y reír con amigos. Buscar guarida ante la lluvia, o solo admirar un horizonte relajante que sube y baja al son de la mecedora. Pájaros diversos dialogan risueños y buscan los rayos del sol que se deslizan entre las hojas. Enredaderas de todos los verdes que abrazan los postes de madera.

En la noche, la luna creciente anuncia un próximo parto de luz en el bosque. Ladridos lejanos de perros vigilantes. Salamandras que esperan impasibles su presa.

Esta es mi casa soñada. En un campo vivo con múltiples plantas, insectos y muchas otras criaturas vivas. Hay mucha agua y tierra fértil que yo cuido. Porque yo sé que no es mía. No soy propietario, soy huésped en un trozo del planeta, partícipe de la naturaleza viva.

Ahora ya sé que puedo dirigir mi imaginación y vivir en una creación continua. No soy una víctima de mis circunstancias. Puedo elegir el guion de mi nueva película, aquella que quiero dirigir y protagonizar. El guion que más me beneficia y realiza, y que a la vez, ayuda a construir un mundo con más equilibrio, paz y armonía. Gratitud permanente.

4

El mata-suegras o la «Lengua de Menelik»

¡Necesito estirarme!

Destino cruel el de vivir plegado sobre mí mismo. Estoy impaciente. A la espera del soplo ruidoso de algún bromista que abra mi cuerpo entumecido.

Yo nací en un lugar remoto, inspirado por un bello camaleón autóctono etíope. Su lengua desenrollable es capaz de sorprender al insecto más cauteloso. Me pusieron como nombre «La Lengua de Menelik», en honor al emperador.

Al convertirse Etiopía en colonia de Italia, me cambiaron el nombre: «La lengua de la *belle-mère*», o sea, la lengua de la suegra.

No entiendo por qué los humanos asociaron la lengua asesina del camaleón etíope, con la lengua, según ellos, «hiriente y venenosa» de una suegra. En fin, allá ellos.

Lo que sí me importa es que hoy quiero levantar mi voz:

¡No me gusta que me asocien a un simple artículo festivo! ¡Maltratado como un vulgar objeto de celebración! ¡Yo soy más que eso! Os voy a dar un ejemplo.

En Italia me incluyeron en la fiesta más popular: el Carnaval. Esos días, las calles de la ciudad se vestían de colores, disfraces y máscaras. Recuerdo un carnaval que fue muy especial, porque se iba a producir un encuentro. De esos que solo son posibles bajo la discreción de las caras ocultas de ese día.

Una bella mujer, ya disfrazada, estaba lista para acudir a la plaza. Antes de salir, se detuvo en la alta puerta de madera labrada. Respiró hondo, ajustó su máscara dorada al rostro, para asegurarse no ser reconocida, y comenzó a andar por la calle empedrada.

La calle, normalmente tranquila y silenciosa, se había transformado en un gran bullicio lleno de colores. Un ruidoso tumulto de personas, con risas, bromas y gritos; entre bebidas, abrazos y palabras al oído de las máscaras anónimas que ocultaban identidades.

Muchos bailaban embriagados de música y bebida. Ella trataba de avanzar entre la multitud. La empujaban hacia el baile, tiraban de su mano invitándola a la fiesta.

Avanzó, como pudo, entre la diversión, los pitidos, las carcajadas y el desenfreno.

«Tengo que llegar a la plaza cuanto antes», pensó nerviosa. «Ya es la hora de mi cita».

Imaginó, excitada, el encuentro con su amor secreto, en el único día que podía encontrarlo sin llamar la atención de esta mojigata sociedad.

Lo reconoció a lo lejos, por su altura y su máscara, que dejaba ver su barba castaña.

El caballero, al verla, tiró suavemente de su mano, envolvió con el brazo su cintura encopetada y la besó sin ningún preámbulo. Pasión, amor y ternura se fundieron en un único sentimiento.

Un beso secreto entre una máscara dorada que cubría la mayor parte del rostro, y los de un hombre alto y corpulento, escondido en una máscara inconfundible de rayos azules y negros.

Después de unir sus labios en un inolvidable beso, el caballero dejó con disimulo, un simple matasuegras, en la palma de la mano de la doncella y lo apretó con fuerza entre sus dedos.

Ella corrió hasta su casa, y subió las escaleras curvas que ascendían bajo una enorme lampara de mil cristales. Pasó entre varias habitaciones hasta que pudo alcanzar su cama y sentarse. Ansiosa, me desenrolló con suavidad y leyó el mensaje de amor anotado en mi cuerpo. Una lagrima cayo en mí. Ya no era un simple mata-suegras. Las palabras escritas retumbaron en mi inanimada vida para siempre.

Yo no soy un objeto que solo espanta. Tampoco quiero que mi destino sea solo unas risas frívolas provocadas por el susto. Ni objeto de burla de niños, que instigados por sus madres, se animen a espantar a la abuela, con mi pitido y desenrosque brusco, para que casi «mate de susto» a la suegra.

¿Acaso crees que soy un pobre objeto sin alma porque solo me activo con el soplo de un bromista insensible?

No, soy mucho más que eso. Llevo la fiesta y la alegría en mi alma. Mi sonido inconfundible hace olvidar las penas y despierta caras divertidas y risueñas.

Después, cautivo de mi resorte, vuelvo a enrollarme en mí mismo y a encerrarme a un mundo de inmovilidad y silencio. Aunque llevo con orgullo esta vida, mucho más gloriosa que la perecedera existencia del confeti o las serpentinas.

¡Préstame un poco del aire de tus pulmones y haz que resucite! Porque quiero estar feliz, rodeado de fiesta, risas e ilusiones.

5

El picaporte mágico

Ya afuera de la caverna, apagué la antorcha para no ser descubierto. Al pie de la Alcazaba, sentí mi alforja pesada. Inhalé profundo y por instinto, levanté la mirada al cielo. Un firmamento imponente. Ni una nube. Millones de estrellas formando caminos de infinitos de puntos luz y de polvo cósmico.

Abroché con fuerza mis botas, subí la cremallera de la cazadora, y me puse mi gorro de lana y mis guantes de piel forrada por dentro. Crucé el río por el puente árabe del Cadi y subí la calle empedrada hacia el antiguo barrio de la Judería.

La puerta de madera de mi casa chirrió en la oscuridad y un gato negro, asustado, saltó cerca de mí.

Entré en mi casa y me senté encima del tapete y el cojín árabe. Encendí una lámpara de aceite y las velas de un pequeño candelabro . Puse la forja sobre la mesa, y con cuidado, saqué un pesado picaporte. Era pequeño, de oro macizo, con un labrado exquisito, y zafiros y rubíes que representaban símbolos extraños.

La leyenda decía que este picaporte tenía el poder de abrir una «puerta imaginaria» que te permitía viajar a otro tiempo.

Mientras miraba el fuego del candil, respiré varias veces para recuperar el aliento. Y me dispuse a comprobar el experimento. Imaginé la puerta» y forcé la manija hacia abajo.

Vi con sorpresa y algo de miedo cómo una puerta imaginaria se abrió cerca del techo y mi habitación se llenó de una luz desconocida. Más asustado que curioso, dudé por unos segundos y salté al otro lado de la puerta. Dispuesto a mi viaje.

¡Hacia el futuro!

Había muchas personas caminando con prisa, se ignoraban entre ellas, y a veces tropezaban unas con otras. ¡Uf, demasiado ruido! Sonidos artificiales que no venían de la naturaleza, pero que rugían más que cien tigres. Demasiadas luces intensas, de distintos colores, que procedían de raros dispositivos.

Me sorprendió también el olor. Difícil de definir, como a quemado. Algo había en el aire que dolía al entrar en mis pulmones.

De pronto se encendía una luz verde y muchas personas avanzaban. Si aparecía el rojo, estas se detenían. Y las de la otra dirección avanzaban. Como los rebaños de ovejas de mi tío.

Los ropajes eran extraños. Algunos tenían unas cosas blancas o negras dentro de los agujeros de la oreja y hablaban solos mientras caminaban. Otros conversaban con una cajita negra cerca de su oído.

No entendía nada de este mundo, pero estoy seguro de que prevalecía el desasosiego y el estrés. ¡No me gustó nada este futuro, me pareció agotador!

Recordé mi mundo y mi tiempo, y sentí muchas ganas de volver a esa paz y silencio. Me di la vuelta, atravesé la puerta, y rápido, como si temiera no poder regresar, cerré el picaporte.

Suspiré al ver mi habitación y las sombras que bailaban con los fuegos del candelabro. Apagué las velas, oculté el picaporte en un lugar seguro y me acosté en el catre.

Agradecí al silencio y al sonido suave de la brisa de la noche. Miré por la ventana y vi la constelación de Orión. Recordé un grabado en el que figuraban las tres pirámides de la meseta de Gizet en Egipto, y su correspondencia exacta a la posición de las estas tres estrellas del cinturón de Orión.

Antes de quedarme dormido, les envié un pensamiento.

6

Unas gafas con misterio

Sentado en una banca de hierro forjado y madera añeja miré a la gente que circulaba por el parque.

Con mi mano en el bolsillo de mi abrigo, toqué las gafas. Las patillas eran grandes y anchas, y la armadura delantera y los cristales, abultados y gruesos. Alguien las dejó en la puerta de mi casa. Un extraño paquete, sin nombre ni remitente.

Me daba bastante temor ponérmelas, ya que en su caja había una leyenda contundente:

«Advertencia: Si las usas,
tu vida ya no será la misma».

Después de pensar un rato mientras caminaba un poco en los alrededores, volví a la banca, decidido.

«¡Adelante, valiente!», me dije a mí mismo. Las revisé otra vez, encendí los botones laterales, que parpadearon en azules y rojos, hasta que apareció un verde que supuse que indicaba que era el momento de iniciar.

Miré de reojo como si hiciera algo indebido. Y discreto, me puse cuidadosamente las misteriosas gafas. Tardé unos momentos en que mi vista y mi cerebro se adaptara a la distorsión que veía.

«¡Increíble», pensé. Creo que abrí los ojos con sorpresa, y tal vez también la boca.

La realidad frente a mí había cambiado. No sé bien cómo explicarlo. Me había convertido en un observador de la realidad. ¡Sí, exacto! Abandoné el «escenario», estaba sentado en el «patio de butacas». La realidad era como una película que se proyectaba frente a mí. Me llamó la atención que las escenas eran tridimensionales, y percibía con mucha precisión en los cinco sentidos.

Parecía que mi cerebro fuera el proyector de este holograma. Y yo era a la vez espectador y actor. Seguía sentado en la banca pero estaba también dentro de esa película, como un personaje. Más que eso, yo era el protagonista, rodeado de otros muchos personajes del reparto.

Mi asombro creció aún más. ¡Era extraordinario! Me di cuenta que la interacción ente mi cerebro y las gafas creaba mi realidad y que yo podía cambiarla a mi antojo.

La proyección, la película, cambiaba obediente a mi pensamiento. ¡Qué divertido! Me concentré en paisajes bellos, playa de arena blanca con mar azul, y ahí estaba. Montaña nevada con lagos helados, dunas interminables de desiertos y paisajes ocres. Probé el tacto en la textura del tronco de un castaño, y con los pies en un prado verde. Concentré mi oído en el sonido de una fuente y después en el aullido de un lobo. Y jugué en mi sentido del gusto con frambuesas, chocolate, café y otras cosas que se me ocurrían. Concentré mi atención en anular la fuerza de la gravedad y empecé a flotar como astronauta en la luna. La realidad respondía fiel y de inmediato a mi imaginación. Podía crear realidades con solo la anticipación de mi mente. Experimenté un buen rato, muy divertido con «mis creaciones».

Cuando me quité las gafas y volví a ver mi realidad, el parque frente a mí, entendí su enseñanza y por qué podrían cambiar mi vida.

¿Y si nuestra realidad funcionara igual? ¿Como respuesta al diseño de lo que queremos vivir? Entendí que podía acceder al punto más profundo y lejano de mí mismo, y encontrar a mi verdadero yo. Desde allí podría imaginar mi realidad desde ese «ojo único», y, por tanto, podía escribir y detallar los diferentes escenarios, decorados y experiencias del guion en las siguientes escenas de mi película futura.

Ahora podía diseñar la realidad que quería vivir, elegir mi película. Por fin era libre.

7

Empollón y rebelde

Primer día en el *Colegio Marista*. Pantalones cortos, unos ridículos calcetines largos y blancos, por supuesto, los zapatos *kiobas* negros.

A mis cinco años, me sentía seguro porque había tomado clases particulares con doña Pepa.

¡Qué mujer! Solo había un sillón en mi casa que podía acoger su gran volumen.

Detrás de sus gafas de concha, apoyadas en enormes cachetes, había unos ojos bondadosos.

Aunque lo más llamativo era su enorme papada, temblorosa como un flan, cuando me regañaba.

Más allá de su expresión enérgica y severa durante las clases, afloraba una persona simpática y amable.

El primer día de colegio, mi madre se acercó a mí, se agachó, me miró a los ojos y me dijo con cierta solemnidad:

—Hijo mío, tú eres el varón de la casa. Tus hermanas y toda la familia dependeremos de tus éxitos. Así que, ¡esfuérzate!

En ese momento me sentí orgulloso. Pero más adelante, comprendí la carga tan pesada que depositó en mis espaldas, y el dineral que me gastaría en diversas terapias.

No me sorprende que, desde entonces, fuera siempre el primero de la clase. Aunque, sin duda, tenía sus ventajas. Me ahorraba algunos tirones de patillas, la vara larga y amenazante de don Crispín, y esa costumbre tan incómoda de poner a los chicos de rodillas, con los brazos en cruz, y unos libros en las palmas. Otra ventaja era la protección que recibía de mis compañeros. ¡Más que la mascota de la legión!

Yo era elegido para representar al grupo, en las competencias en conocimientos, frente al contrincante del aula «enemiga». Mi victoria garantizaba que toda la clase tuviera un día de campo. Por eso recibía muchos vítores y aplausos, aunque algunos de ellos eran más egoístas que honestos.

El colegio, a pesar de no ser mixto, era divertido. Sobre todo los recreos y las excursiones. Pero lo peor era el rosario de los viernes. Entiendo que los misterios dolorosos no fueran nada divertidos. Pero los gozosos también eran muy aburridos. Y, además, comulgar diario, era un suplicio. Si no lo hacías, quería decir que estabas en pecado y todos te miraban raro.

Yo tenía la suerte de que mi bisabuela había comprado indulgencias para tres generaciones. No sé bien si lo hizo por compasión con sus bisnietos o estaba convencida de las necesidades económicas del Vaticano. Con ese papelito firmado por el Papa me libraba de las llamas del purgatorio. No tan grave como el eterno infierno, pero sin duda doloroso y desagradable.

Así que, decidí que me podía permitir ciertas travesuras y pecar leve, pues no tendría que soportar la purificación transitoria de mi alma en el fuego.

Además, su hija, es decir, mi abuela, también muy devota, me había regalado un «Detente Satanás» que tenía colgado de mi cuello. Me hacía sentir muy seguro. Hasta que un día terrible lo perdí. Entré en pánico, y creo que no dormí esa noche. Más adelante, entendí que nunca más iba a depender de ningún ritual u objeto externo para sentirme protegido.

Años después, al inicio de mi adolescencia, murió Franco. Una brisa llegó desde mas allá de las fronteras. Llegaron los hippies, el rock, el nudismo leve y el hachís.

Aunque me parecía interesante la idea de «hacer el amor y no la guerra», la afición favorita de mi grupo de amigos era acudir a todas las manifestaciones que se convocaran y demostrar nuestra valentía.

Se trataba de acercarse lo más posible a los «grises», y claro, salir corriendo sin que te golpearan o capturaran. No importaba mucho el porqué de la protesta. Creo que algo del aborto, o la democracia, o demandas de un pueblo unido, y esas cosas. Había mucha gente con los puños en alto, banderas republicanas, y otras rojas muy llamativas.

Pero a nosotros no nos interesaban las razones de esas concentraciones. Lo interesante era vivir esa mezcla adictiva, de amistad y adrenalina.

Delante de nosotros, hileras interminables de cascos y escudos grises, con porras negras amenazantes. Acercarse lo más posible, ¡demostrar valentía! y a correr.

Alguna vez tuvimos que ayudar a un amigo que recibía una tremenda paliza. Lo arrastramos como pudimos, entre policías, con los ojos entornados y rojos como tomates por los gases lacrimógenos. Algunos arañazos y pequeñas manchas de sangre, que no se sabía si procedían de la ceja de este, del cuero cabelludo de aquel otro o de mí mismo. De lo que sí estábamos seguros es de que construimos una robusta amistad. Una camaradería cómplice y eterna.

8

Escritores al descubierto

La labor de escribir es mucho más fácil de lo que parece y lo que las personas piensan. Esa imagen del escritor que sufre al enfrentarse, aterrorizado, al papel blanco y empuja su creatividad como si «empujara un tren» es poco real, o menos frecuente de lo que parece.

Es más simple. Para escribir, solo se necesita que disfrutes escribir, y olvidar cualquier otro objetivo que haya detrás. Cuando te gusta escribir, te permites una gran libertad con tu creatividad. La pluma o el teclado, según el caso, adquiere vida propia y fluye imparable como río abajo. Sin esfuerzo, sin presiones ni perfeccionismos absurdos.

El «gran enemigo», el «censurador» que habita en nuestra mente se debilita poco a poco y deja paso al flujo espontáneo de ideas y palabras, que nacen de más al fondo, o de más arriba, según se quiera ver.

Me parece muy interesante la palabra «canalizador», que se refiere a ciertas actividades de tipo esotérico. Pero es justo un canal lo que abre el escritor, desde su interior creativo o su superior creativo, según prefiramos. No importa si situamos este foco de creatividad arriba de nosotros o al fondo de nuestro interior, porque allí no existe el espacio. Es un vacío lleno del todo o un silencio del que surgen las emociones e ideas en forma de palabras.

A veces los escritores se reúnen en grupos para intercambiar sus creaciones y las críticas constructivas y de esta forma compartir sus talentos. Los escritores se comprenden bien entre ellos, les gusta compartir sus habilidades y también algunas «rarezas» de carácter.

Los escritores no tienen por qué esconderse. ¿Por qué o de quién se esconderían? Tal vez porque son muy celosos de sus habilidades literarias, y prefieren mantenerlas en secreto. O bien, porque hay escritores prestigiosos que eligen reunirse en el anonimato.

Me imagino que los escritores que se reúnen para c compartir sus vidas creativas, almacenan en algún baúl sus escritos, relatos, poemas y, también sus talentos.

Dentro de ese baúl los talentos tienen vida propia. A veces uno alardea frente a los otros. Otros, más tímidos, se quedan en un rincón, observantes.

También hay talentos que discuten apasionados. O juegan a lanzarse letras y sílabas. En ocasiones, encima de ellos, se forma alguna palabra rimbombante, y rompen en carcajadas.

Las editoriales inteligentes buscan descubrir dónde se reúnen, y sueltan a sus sabuesos, para que olfateen genios ocultos. Seguro que los encontrarán, levantarán el velo, y sus talentos quedarán, para siempre, al descubierto.

9

Danza conmigo

«Te quiero, de una manera tan extraña, que cuando lo cuento, noto algo sumergido al fondo de mi pensamiento. Que baila conmigo, hasta hacerme dormir».

TRAVIS BIRDS

Hoy es uno de esos días que, al despertar, siento pasión por vivir. Con los ojos entreabiertos, me acerco a la ventana y a la brisa fresca.

Frente a mí, un mar quieto y profundo. Extenso azul y orillas con crestas blancas. Rugido de olas que tras romper, se despliegan, en encajes de espuma, sobre la playa.

Lejos, una mujer sentada juega con sus pies en la arena, y mantiene fija su mirada y su sonrisa en el amanecer naranja.

Al verla, recuerdo el secreto: Amor sin precio, ni miedo. Amor sin coraza y a corazón abierto. Muros de orgullo se derrumban y las fronteras de desvanecen. Bajo la guardia y me rindo, como un narrador desnudo, valiente y libre.

Ella camina hacia el porche y sacude la arena de sus pies. Al entrar, entorna sus ojos al tiempo que olfatea. Sonríe, envuelta en aromas de café y pan tostado, suspira radiante y me mira.

Su mirada me lleva a un lugar profundo, de intensa unidad. Sin pasado ni futuro. Solo el instante, presente y eterno.

Se acerca y se sienta en el taburete de enfrente. Con la barbilla apoyada en sus manos entrelazadas. Me mira curiosa, con ojos tiernos e interrogantes.

Ya no me contraigo, ni evito ni me resisto. Ya no lucho por mi supuesta libertad. Me relajo, respiro y me abandono a un espacio infinito, a un vacío que contiene todo.

Decido sumergirme, más adentro, en ese océano de paz y, por fin, encuentro el corazón del misterio. El lugar donde la búsqueda de amor se disuelve con el deseo de libertad.

Un ruido del viento en la ventana me hace volver en mí y veo que ella sigue allí, que sonríe imperturbable.

Ahora soy yo el que la mira, decidido y amoroso.

Alquimia de libertad y amor fundidos. Amalgama mágica.

10

La ciudad perdida

Hace unas horas me avisaron del descubrimiento de «algo extraño» en la excavación de la zona 3. Con los primeros rayos de la mañana, me vestí rápido, cogí mi sombrero y salí de la casa. Intenté forzar a mi caballo para llegar lo antes posible. Estaba emocionado de lo que podría ser el descubrimiento más importante de mi carrera como arqueólogo.

Avancé por una vereda que ya conocía bien y después vi a Sian, que me esperaba emocionado. En un inglés rudimentario me intentó explicar que habían encontrado algo «enorme». Desde muy temprano, el equipo de machetes avanzó entre una densa vegetación que parecía impenetrable, cortando y haciendo camino entre lianas, ramas, arbustos y helechos.

Cuando llegué al lugar quedé estupefacto. Tomé un respiro, me limpié el sudor de mi cara y cuello y caminé con mucho cuidado. Había bloques de piedra cubiertos de musgo en los que se alcanzaba a ver algunas inscripciones. Avancé como pude entre la maleza y vi columnas caídas, también labradas. Bajo el follaje y raíces, distinguí trozos de pared y empedrados que debían ser una parte de pasillos o galerías.

¡Parecía un templo oculto por la exuberante vegetación de una civilización perdida!

Nos costó muchas horas avanzar unos pocos metros más, entre palmas, bambúes y diferentes arbustos. Había enormes arboles de caoba y teca. Las ramas más grandes abrazaban la piedra y como si reclamaran su espacio. Algunos monos nos observaban, silenciosos y sorprendidos.

Hacia la derecha, encontramos lo que parecía una torre derruida y parte de un posible pórtico devorado por la selva. Pasé bajo la piedra labrada y avancé por una amplia terraza bien preservada. Más paredes con motivos religiosos tallados en la piedra, y una figura imponente que podía ser una deidad desgastada por el tiempo.

¿Qué secretos guarda esta ciudad olvidada en el tiempo? Esplendor y decadencia de una civilización poderosa.

Árboles gigantes, ramas enormes, retorciéndose entre las piedras sagradas. Las raíces penetran entre las grietas, como si quisieran descubrir los secretos que se ocultan tras rocas milenarias.

Un templo olvidado, engullido por la jungla. Ruinas de piedra aún viva, con restos de arquitectura sagrada.

Estábamos agotados. Después de beber mis reservas de agua, quise darme un espacio alejado del grupo. Y medité en este lugar sagrado. Había un silencio que casi se palpaba. Solo roto por el cántico de algún pájaro y el sonido de la brisa en las hojas, en una melodía suave. Misterios ocultos que desafían al tiempo.

Encendí un sándalo ceremonial en una de las piedras de lo que parecía el santuario central. Imaginé a los monjes que caminaban entre las ruinas, con sus túnicas coloridas, en un peregrinaje a este lugar sagrado. Y pensé en ellos y después en nuestra civilización.

¡Quizás algún día los arqueólogos del futuro descubran los restos de nuestra cultura extinta!

11

La estación

Unos días antes, llegó el correo a nuestra casa. Desde que lo vi acercarse por el camino, sentí de qué se trataba. Al oír los golpes ligeros en la puerta de madera, mi corazón dio un vuelco. Abrí la puerta y vi al cartero sonriente, con cierto orgullo de ser el portador de aquel telegrama.

Escueto y contundente: «*Incorporación inmediata a filas. Dia 16: en el cuartel. Día 18: El tren parte hacia el frente*».

Con mis ojos vidriosos, devolví una sonrisa forzada al cartero. Cerré la puerta rápido y me apoyé en ella desde dentro. Como si quisiera que ninguna otra mala noticia pudiera entrar de nuevo.

—¡Fransuá! ¡Fransuá! —suspiré antes de gritar, casi sin aliento.

—¿Qué ocurre?, ¿quién llegó? —preguntó nervioso.

—Un telegrama urgente para ti —balbuceé casi a la vez de que él bajara las escaleras en dos zancadas.

Lo leyó con rapidez y gritó con júbilo:

—¡Por fin. Ya era hora de que este país reaccionara!

Fransuá levantó su mirada y se dio cuenta de la expresión de mi cara y me abrazó.

—Te escribiré muchas cartas. Te voy a extrañar mucho. Ayúdame a preparar todo.

En la estación había una multitud. Muchos soldados uniformados, mujeres llevando a sus hijos en brazos o de la mano. Madres y suegras, compungidas por la despedida. Los jóvenes soldados se daban cuenta de que tan profundo era su miedo, y disimulaban, sonrientes, con un semblante valiente y orgulloso.

¿Qué ocurre cuando el ser humano se debate entre el amor y su misión?

Estábamos abrazados, conscientes de que tal vez fuera la última vez. Fransuá me cogía la cabeza entre sus dos manos, con fuerza y ternura, y me besaba una y otra vez en los labios, en la frente, y en cada ojo lleno de lágrimas.

Yo revisaba cada facción de su cara y su mirada, como si fuera la primera vez, y quisiera grabarlo en una memoria indeleble. El movimiento de la nuez delataba su llanto contenido. Y los rápidos latidos en su cuello mostraban sus emociones a punto de desbordarse.

Me pregunto qué hubiera pasado con nuestra relación si él hubiera renunciado al llamamiento al ejército y se quedara conmigo «por amor».

¡Qué extraño! Hubiera sido maravilloso seguir juntos, pero ya nunca más lo admiraría. Lo tendría a mi lado, entre las sábanas de cada fría mañana, pero no soportaría el peso de la culpa. Ni él tampoco podría con la vergüenza de su cobardía.

Entendí que nuestros «propósitos de vida» son más importantes que proteger la convivencia, o incluso, la supervivencia de la pareja. Por eso, aunque estaba triste y tenía la cara manchada de grises y negros de las lágrimas mezcladas con hollín y polvo, también estaba orgullosa y esperanzada.

Mi amor rebosaba. Amor rendido e incondicional. Una ofrenda de amor que daba sentido a mi vida. Me fundí en su cuerpo robusto y en su rostro, y en una mezcla de besos, lágrimas, labios, saliva y piel, nos dijimos las palabras de amor cómplice, más bellas de lo que alguna vez pude imaginar.

Había muchas voces de despedida, gritos de nombres de niños perdidos, un gran bullicio, entre sonidos de las locomotoras. Susurros de esperanza mientras se agitaban las manos en el aire cargado de emociones. Un estridente silbato del tren; después, un silencio tenso.

Aún hoy, mientras miro al fuego de la chimenea desde mi sillón mullido, resuenan aquellas palabras de amor y esperanza. Retumban en mi interior, como un mantra, un cántico o una ofrenda.

Esta edición de *Tomo I: Tierra Relatos Breves para Reflexionar*
de José G. Marín,
se terminó de editar en Madrid,
en el mes de mayo de 2024